RÉQUIEM PARA DÓRIS

ONEIDE DIEDRICH

copyright 2013 by Oneide Diedrich

ilustrações
Alberto Benett

editores
Otavio Linhares e Luiz Felipe Leprevost

projeto gráfico, capa e diagramação
Frede Tizzot

revisão
Tatiana E. Ikeda e Barbara Terra

D559r   Diedrich, Oneide
    Réquiem para Dóris / Oneide Diedrich ; ilustração de Alberto Benett. – Curitiba : Encrenca, 2013.

    116 p.

    ISBN 978-85-60499-45-8

    1. Literatura brasileira. 2. Ficção. I. Benett, Alberto. II. Título.

CDD B869

[2013]
todos os direitos desta edição reservados à
ENCRENCA – LITERATURA DE INVENÇÃO

Al. Pres. Taunay, 130, Curitiba - PR, 80.420-180
fones 41 3039-6895 / 9911-8664
www.encrencaliteratura.wordpress.com
encrencaliteratura@gmail.com
facebook.com/encrencaliteratura

RÉQUIEM PARA DÓRIS

ONEIDE DIEDRICH

ENCRENCA
LITERATURA DE INVENÇÃO

Curitiba
2013

Para Joca, Guilherme e Paulo

Dóris era alta e tinha o andar arcado, anos depois eu soube que andava arcada por ter vergonha da própria altura. O curioso é que o que mais me incomodava em Dóris era justamente o seu andar arcado e o que mais me atraia era a sua altura.

É de carne e de pó

– Parto normal?
– Parto normal!
Um nome anterior à carne. Era uma criança, uma adolescente, uma esposa, uma mãe, uma senhora, por fim um defunto...
Um nome posterior ao pó.
"Parto normal para uma viagem, que se diga de passagem, é por um beco escuro e úmido e o retorno é incerto, talvez seja mais uma dessas viagens que não tem volta... Quem quer voltar? No entanto deve haver desde a partida a certeza do estradar". Ela não disse isso e nem pensou, mas provavelmente se pudesse teria dito e seria assim o início da história e de sua longa jornada.
Um escuro completo ou talvez não fosse, pois a luz (e a lua) ainda não existiam. O que lhe faltava era a falta e o que a completava era o todo.
Muitos a esperavam na ante-sala, tudo era só uma questão de tempo. E foi um tempo lógico e pontual que determinou aquele dia, que depois de tantos outros haveria de ser o único. As condições

climáticas eram as mais favoráveis, o calor era algo intensamente adequado e a umidade era o máximo, ainda não faltava ar. Tudo parecia perfeito e era. Naquele dia nada poderia atrapalhar o voo, nenhuma mágoa, nem um traço sequer da mínima lembrança desagradável, nenhum registro constava. Naquele lugar, existir tinha certo gosto de palidez e após sentir-se tão plena, sem saber que nunca mais haveria de existir tal plenitude, e o que determinaria toda sua viagem era exterior e anterior a ela, Dóris deu seu primeiro grito, mas não de liberdade.

De súbito uma dor indescritível, o indelével marcando para sempre o que não tem censura nem nunca terá, o que não faz sentido. Algo lhe rasgou o peito como uma lâmina a cortar a tenra carne, agora sim faltava ar.

Dóris sentia pela primeira vez o vento no rosto, e sem pensar soube, que seu ritmo para sempre seria ofegante. Naquele momento não havia escolha era pegar ou pegar, restava-lhe apenas aquele bilhete no qual constava o lugar que passaria a ocupar: assento 13, janela... Apertem os cintos.

Sem apuros nem atropelos um ser um movimento sentindo apenas o necessário para seguir no bonde que pegou andando, momento inicial que para sempre pareceria um "desde sempre" marcado na carne em algum lugar inacessível pela consciência, muito embora determinante nas angústias futuras impossíveis de serem desviadas do caminho. Para Dóris o início era como se o mundo ali também se principiava e por algum motivo começava a girar em tordo de seu pequenino umbigo. Os outros não tinham consistência, os outros não tinham voz, os outros praticamente ainda não existiam.

Ritmo, velocidade, o balanço "dim dom" cardíaco marcando o vai e vem de fluídos no corpo... Que corpo?

Vai menina segue teu destino!

Balbuciar estradas, sugar e rumar caminhos! O vento no rosto, o frio na pele, o desconforto reconfortado por sei lá o que ou quem.

Tranquiliza no sono, acorda voraz, contempla inconsciências. Toda uma sorte de coisas inenarráveis que desde para sempre, nunca mais.

O caminho ao trono

E o trânsito seguia lento, a viagem também, desde o princípio todas as questões já constavam, enigmas sobre o transitório e o eterno, dúvidas de medo e de vontade embora Dóris ainda não percebesse. Como ela poderia saber se antes precisaria aprender coisas que ninguém sabe saber, e que ninguém pode ensinar? Haveria realmente um destino a ser percorrido se alguns apenas iam e outros nem mesmo voltavam? Alguns diziam "eu fui", outros falavam de almas e reinos, enquanto sábios senhores, muito crentes em seu saber, falavam de energia e da vida, da morte e do cálcio. Quem tiver curiosidade em conferir poderá consultar os diários de bordo e apurar que a viagem rumo à cruz (ou à forca) era uma questão de curvas, via sacra e calvário. Saber que no começo das horas daquele lindo percurso os primeiros raios de sol da manhã já encontravam o dia desperto. Dóris dormia como quem prescinde de um mundo exterior.

Tantas imagens de tudo que era tão novo, tudo passava como que em branco, no banco rente à janela com um olhar que nunca fixa, Dóris viajava em uma tela surreal mais que abstrata. Em seus sonhos, restos diurnos e desejos de ter todos aos seus pés, ter o alimento sagrado em sua boca e o calor necessário para continuar sentindo-se aquecida. A boca era o princípio, o corpo era a boca. Havia o mundo todo para ser devorado, e o resto apenas algum tipo de prazer e de tensão. Aquele instante correspondia à boca... Alimentada, voltou a dormir.

Não sabia, mas era certo que aquele trajeto e todos os tipos de cuidados que recebera, acabariam por constituir o início de um reinado. Descalça e sem príncipe era estranho que tantas pessoas estivessem ali ao seu dispor só para servi-la e, ao entender o que se passava, Sua Majestade não perdeu tempo e gozou dos privilégios. Dóris estava a caminho do trono para ser coroada.

Acordou, olhou, olhou e percebeu algo novo, sem saber que despertava de um sonho. O onírico deixou rastros que apontavam o caminho a seguir, indicando o rumo de tudo que havia investido em sua boca.

Sem entender como, percebeu que algo já não lhe pertencia e o alimento transformado em resto era apenas a condição da metamorfose. Entrada e saída, construindo com pequenas marcas, traço a traço, tijolo por tijolo um desenho (i)lógico, às margens de um novo corpo. O alimento pedia passagem e, tal qual poesia, se organizava em estranhos versos gastrintestinais. Como a dizer:

Primeiro eu entro pela tua boca, esôfago
me aperto em teu peito
Em ácidos me deito e dissolvo o corpo
que me engole é o meu leito
Segundo mil pedaços de mim mesmo
resolvo que não sou mais quem eu era
E a fera que se afoga em meu peito é
resto e destina rumo ao reto
De mim o que absorves é meu nada pedaços de produto sem valia
E indigesto sigo a caminhada mais um
dejeto que encontra o dia

Terceiro saio assim pela dos fundos "tem
gente" grita a moça apavorada
Me encontro novamente neste mundo e
através de ti a nova estrada
O quarto é o lugar da longa ceia lá onde insis-
to em ser devorado
Em ti além de tu em tuas veias e através de ti
um novo estado
Primeiro eu entro pela tua boca!

Primeiro eu entro pela tua boca!

O Alimento fazia seu caminho e Dóris sorria feliz em seu reinado, sentada no trono... Rente à janela.
É preciso transcender? Claro que não, ainda não. Quietinha e aos poucos foi sentindo a transformação de suas necessidades. Bem nutrida e aquecida por algo que começava a constituir também parte de seu corpo (ainda que

em separado) foi construindo as primeiras faltas, foi querer responder as primeiras demandas que a partir daí apontavam ao infinito, eterno saco sem fundo. Um vácuo foi constituindo caverna em seu peito de dentro para fora dentro, de fora para dentro fora, espaço doravante ocupável por séries de objetinhos que não chegam a colar, espaço adequado a tudo que possa ser chamado de angústia ou qualquer palavra que se aproxime do impossível de ser dito: nó na garganta, aperto no peito, coração apertado... Engole seco! Segue vai!
E foi!
Em sua volta, súditos, bobos da corte, escravos, soldados vencidos de tantas batalhas, mercadores de ilusões, todos se nivelavam pela falência, já não sonhavam com roteiros de viagens e nem possuíam a falsa força de conquistar novos reinados. Em suas faces apenas a resignação e uma ínfima esperança depositada na coroa. Quem existia era apenas o que conquistara, nada mais daquela antiga e plena esperança, nada mais que incertezas, nem de longe a força de um dia usurpar o tro-

no, depor o rei, degolar ou possuir a rainha. De súbito súditos que já haviam constatado a própria falência se confiam àquela que seria a detentora de todas as possibilidades. De quem esperar o impossível ou o improvável? Evidente! Era da alteza que se esperava tudo e também se esperava o todo, como quem espera notícias certas ou resposta da última carta de amor cuidadosamente postada.

Dóris nem sequer imaginava, mas era sobre sua a cabeça destinada à forca que se depositavam os mais puros desejos, os dizeres de "agora sim" e os lamentos de quem desistiu. Enquanto isso, em seu assento rente à janela, ela navegava em um cruzeiro de sonhos e, sem perceber espremia, uma coxa contra a outra.

As bordas do corpo fazendo fronteira, determinando o fora e o dentro do avesso de avesso. Partes de carne privilegiadas pelo fluxo da entrada e saída e do esbarrar marcante no alvo que acusa prazer, que grita e pede carga, como a dividir Um em dois no mesmo corpo. É o que corre loucamente do interior as extremidades e curiosamente se detêm em lugares destinados ao encontro.

O vento sopra preguiçosamente lá fora, a temperatura parece ter cor, o dia é mesmo uma mistura de amarelo com azul, as flores oferecem seu pólen à brisa, formigas tateiam o solo cálido, pássaros batem as asas em *Slow motion*. As pessoas lá fora sorriem umas para as outras, estão todas bem vestidas, uma senhora de meia idade ainda guarda a jovialidade de outrora em um vestido vermelho com detalhes floridos, um menino corre atrás de uma pipa que acabará de se desprender da linha, meninas saltam em um pé só e querem chegar ao céu... O rapaz do acento 15 acordou de sobressalto quase feliz, ainda com a cena fresquinha do mundo colorido projetado no entre abrir de seus olhos. Esboçou um leve sorriso empapado e logo apagado pela baba que escorria do canto de sua boca e que abria caminho entre os pelos do cavanhaque ruivo aloirado. Esticou as pernas e sentiu a necessidade endurecida de ir ao banheiro e sem mais a viagem seguiu em um silêncio desanimador. Teve raiva do próprio sonho, da realidade e de si, perdera o paraíso (perdido) ao despertar, sabia que o mundo não oferecia condições ideais, soube-se sem garantias.

Da distância sem fim

Como em um cardiograma enlouquecido, ainda distante da linha reta contínua e derradeira para Dóris, tudo era pulsação. A tensão desconhecida que não era fome nem frio, parecia agora virar suas vísceras pelo avesso. A ordem de um novo registro deixava os seus primeiros resquícios. Percebeu então, que outras pessoas estavam no mesmo passeio. Como não ter percebido isso antes? Como não saber tudo desde a partida? Nem pensou em resposta, não existia resposta, só perguntas produzindo movimento. A dúvida e a ignorância faziam parte da cruzada e eram desde sempre fundamentais. Todos em seus próprios assentos seguiam caminhos distintos, vetores opostos da mesma viagem. Nada poderia ser semelhante, nem mesmo a vontade de chegar. Entre tantos sonhos e objetos, nada nunca garantiria o mesmo. Havia apenas uma certeza: a de mil destinos.
Foi o sol que desfez o reflexo em sua janela. O mesmo reflexo que durante a noite indicava

um rosto estranho e que, gradualmente, passou a ser o seu. Ao reconhecer-se sentiu um grande júbilo, "Sou eu" confusamente pensou... Logo após um "és tu" ratificado por sabe- se lá quem. Ainda assim uma pequena angústia persistia, e a estranha sensação de estar sendo observada permaneceria, como uma joia bem guardada, sempre a disposição e para durar a vida inteira. Tendo a luz em seus olhos, tudo se apresentou em cores diferentes. Novos brilhos e reflexos, outras nuances e contornos que antes nem eram perceptíveis. As sombras e os fantasmas esconderam-se nas trevas, arquitetando para breve o seu breve e certo retorno.

O novo dia deu a Dóris a diferença. Ela pode perceber que as pessoas que seguiam a mesma estrada eram homens e mulheres. E que, mesmo com a proximidade de corpos e de almas, todos carregavam em seus olhos uma distância sem fim. A marca inconfundível do desamparo e a eterna possibilidade do (re)abandono. Esses viventes traziam na pele o cheiro cortante da dor e em seus olhos a pura resignação de quem teve poucos momentos de alegria. Felicidade...

O que?
Constatar a diferença trouxe novas possibilidades: desejo, tesão e loucura. O asco, a vergonha e a culpa viriam logo depois. Respostas? Ainda não! Não era cedo nem era tarde, nada (nunca) seria concluído nem esclarecido em seu caminho rumo ao pó. Todas as respostas seriam parciais e sempre com a condição de uma nova dúvida. É possível que nunca viesse saber que 1933 foi um ano ruim, ou constatar que viver era trilhar o incerto rumo a uma única certeza e, quem sabe Deus, algum dia, ela teria a plena verdade. Talvez morresse sem plantar uma árvore. Talvez.
Há alguma possibilidade de aproximação com o que é indizível? Como saber do funcionamento da máquina? Existe em algum lugar a derradeira palavra ou uma resposta final?
Cuidado: trecho escorregadio e sinuoso.

O funcionamento da máquina (por explosão)

A explosão possibilitou a marcha. Dóris navegava em sonhos profundos e, explodindo em sensações (proibidas?) sentiu que era necessário parar. Pensou que poderia seguir melhor se estivesse acompanhada por alguém que trouxesse notícias suas.
Transformando a energia de uma reação química em energia mecânica através de ciclos de expansão e compressão, seu pequeno motor interno fervia e, superaquecido, precisou de tempo. Quatro tempos e muito mais, para tentar entender o que se passava em seu apertado coração. Era primavera e as flores lhe diziam que o mundo era um amor perfeito.
Primeiro: mais flores, depois cinemas e jantares. A viagem passaria a ter mais sentido. Com todos os sentidos aguçados, teve a sensação de que em seu corpo de apenas 15 anos caberia um novo corpo. Estava aberta, escancarada a espera de quem a fizesse explodir de vez.
"Parada de vinte minutos" gritou o chofer. Dóris deu treze passos em direção à porta e desceu.

Tinha muita fome e uma vontade de quem não quer demorar em devorar. Sentado ao pé da porta, sem carinho e sem coberta, um mendigo cantava uma estranha canção, um hino que falava de tempos, de motores ou, quem sabe, da lua, sei lá! Ela não entendeu nada. No entanto parecia ser para Dóris aquela aparentemente estúpida balada:

> Era um novo amor
> Que logo cresceu
> Rápido encheu
> E depois minguou
> Morreu que morreu
> Numa só pancada
> Tal qual madrugada
> Que amanheceu

O mantra que era repetido à exaustão pelo pedinte, deixou a jovem passageira pensativa e confusa. Anos depois lembraria o velho que mendigava, não mais como um miserável qualquer, mas como o único profeta que conhecera em toda sua vida. Mal sabia ela que muito em breve apareceria na terra alguém que mudaria para sempre o conceito do que é profetizar. Aguarde e confie!

Comeu com os olhos, e deles partiu aquilo que despertaria o desejo de muitos. Soube que naquela parada a espera poderia ser longa. Sentiu-se só, à deriva e incompleta. Então decidiu seguir, a combustão continuaria e o combustível explodiria em sensações por muitas e muitas vezes. Era hora de retornar ao seu assento, ver as finas gotas de chuva que molhavam a janela, e então chorar de medo e de vontade.

Dóris sentia-se como no meio de um vendaval. É sabido que a força dos ventos que movem usinas eólicas e moinhos (de vento) é capaz de alimentar também a loucura, mais um modo de funcionamento da máquina (psíquica), como bem comprovou Dom Quixote de La Mancha. Dóris (no meio do vendaval) pensou que enlouquecer fosse uma alternativa. Era estranho, mas ela sentia que não poderia mais seguir só. Quem sabe a companhia de um fiel escudeiro ou de uma triste figura qualquer. As flores não pareciam mais tão otimistas e a noite era uma questão de tempo... O outono também. Pouco entendia do que estava acontecendo. Na verdade, nadíca de nada.

Do funcionamento da máquina ela realmente não sabia, sofria apenas os seus efeitos. Por vezes sentia a energia e a tração de duzentos cavalos, e por outra apenas fraqueza, como se carregada por Rocinante. Nunca soube dos ventos e de velas, nem de mastros e lemes. Do movimento que a levava, Dóris nunca pode saber.

O cruzeiro seguia em linha reta e novamente a distância parecia sem fim. Era necessário mais do que querer, mais do que desejar, era preciso despertar. Seu corpo estava lá, acordado como em aquele primeiro e distante dia de sol quando todos a esperavam na ante-sala.

Despertar o olhar daquele que seria seu, era um motivo a mais para aguardar. A máquina continuaria em velocidade constante até aquele esperado entardecer em que o coração aceleraria e a dúvida (ficção) teria caráter de

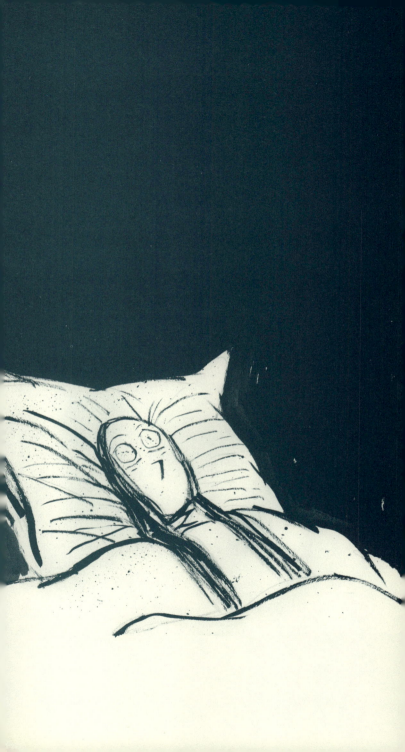

certeza (ficção). O luar e seus quatro tempos deixariam de ter, por algum instante, o sentido da canção do mendicante e único profeta de verdade que conheceu. Na paixão a certeza de subverter a profecia.

O amor seria exato e impreciso, eterno e fugaz, talvez tão mortal como foi para Narciso que tanto se amou. Não sabia ao certo, nem onde nem quando nem como, mas certamente viria da mesma forma que a lua, que sempre retorna, que sempre vem e vai. Dóris estava pronta e esperava. Ser amada era a sua única condição de seguir viagem. Monólogo interno: "viver é amar".

Um coração embalado a vácuo

Pausa para a uma dor maior!
Abriu os olhos que pensou abertos e sem descanso há muito tempo. Como em uma grande insônia causada após pesadelos teve a sensação de estar acordada há horas. Em seu peito apertado e engessado batia um coração embalado a vácuo. Era como um punho cerrado que, com pancadas precisas, dentro pra fora esmurrava as costelas, doía! Ali, naquele mínimo espaço perto dos pulmões, persistia ainda aquele antigo registro da dor que lhe havia rasgado o peito pela primeira vez.
Mas agora era diferente, Dóris percebeu que estava perdida e que era eminente a necessidade de corrigir a rota, talvez assumir de uma vez por todas o leme de seu próprio destino. Era preciso sofrer menos, reavaliar a culpa e reajustar o curso de seu querer. Comportar-se como louca não a faria entender o que lhe esgotava o ar e comprimia o peito. Era o inexplicável nó na garganta que a transformou num indefeso peixinho fisgado pelo inefável.

Desde os primeiros quilômetros da estrada havia em seu coraçãozinho a promessa de que as surpresas do itinerário seriam de encher os olhos. E agora que as belezas naturais e os pontos turísticos se aproximavam, ela, ensimesmada, vivia a angústia em estado bruto. Em seus pulmões faltava ar, porque o que embalava e continha seu coração possibilitava apenas o mínimo movimento. Comprimida (a vácuo), ofegante e insegura, tentou ainda pensar em coisas boas, mas o caos daquela noite povoada de pesadelos impossibilitava a esperança.

Quando amanheceu, tentou em vão algo que justificasse noite tão infernal. Entretanto, não havia mais motivos e nem tempo a perder, era necessário e achou prudente continuar, ainda que a sensação fosse de que havia perdido o rumo.

Depois da pausa, apenas a dor como registro, pano de fundo da cena que determinou os passos seguintes.

O esperado encontro estava marcado. Ela passou o dia olhando para a direita como quem quer olhar para frente. A solidão da estrada tinha proporcionado além de imagens, múltiplas formas de pensar, de sentir-se bem e mal. O horizonte sempre esteve lá e por mais que andasse ela estaria sempre ali. Mesmo que acompanhada pelas mais nobres castas ou por figuras insólitas e desprezíveis, ela estava só. Haveria agora a possibilidade de uma nova companhia? Seria o amor uma saída para tal desamparo? O verbo, o corpo e suas margens... Já era em tempo de conjugar pela primeira vez o primitivo registro do amor da corte que a recebeu quando de sua chegada com um novo produto para, enfim, rumar na direção do objeto escolhido e enfeitado de outros objetos, sangue, pedaços de carne e suor. A escolha haveria de ser recíproca como quem lança um olhar para ser olhado, como quem é olhado por alguém que procura, e a partir disso sentir de uma vez por todas (mesmo que fosse um engodo) que estava a caminho do encontro bem sucedido.

Era um desafio para as diferenças, gabarito impossível, mas isso nós não sabíamos visto que acreditávamos na balela do outra metade, no encaixe perfeito das partes, no mito da unidade, no improvável da união. No Um.

Do que é eterno e fugaz

Tarde morna, e morna foi até o entardecer, quando por descuido a lentidão encontrou a calma. Fez-se então o momento exato para Dóris começar a viver de esperança. Era tempo de correr riscos, parar na pista e aproximar-se da hora de dizer "Tu és o grande amor da minha vida".
As alternativas do pensar se extinguiam diante da indecifrável, recorrente e provável imagem do que talvez fosse o (seu) ser amado(a). Agora pairava em sua fronte o relógio mágico da hipnose e, trêmula de desejo, sentia que tinha certeza pela primeira vez. Em um momento de distração, pode lembrar as tantas vezes que pensou em enlouquecer, lembrou também o quanto a detinha o horror de jamais obter respostas e de quão inseguro poderia ser o seu estradar. Logo não pensou em mais nada, pois a imagem obsessiva não dava tréguas e a letargia do momento não apoiava outra coisa senão a de estar completamente apaixonada. Tomada como a Bagdá de Saddam (lembra?), qualquer

pensamento sóbrio seria entendido como rebelde e as forças da resistência não eram mais forças, eram apenas lembranças equívocas e inoportunas. Até esse dia, Dóris sempre tivera em sua frente dúvidas e estradas. Mas agora com os olhos mais atentos do que nunca, pensava em não se enganar, ainda que fosse um engodo, repito. Uma mera ilusão.
O entardecer fora esperado desde aquele dia que depois de tantos outros foi o único. Sempre sentiu que algo lhe faltava. Era um registro antigo, como também o de supor que algo ou alguém, qualquer objeto enfim, traria a completude desde sempre perdida. Sonhava com a possibilidade de que a deixassem quadrada, redonda ou chata, mas que a tornassem o objeto sem necessidades, reto e sem relevo. Pouco sabia das parcialidades, das qualidades e das condições da falta.

Um pouco de mim e de um certo olhar

Uma bola de ferro, noventa e cinco centímetros de correntes, um peso enorme preso um pouco acima do meu pé esquerdo. Quando estou eufórico eu a carrego nas mãos e a passos largos sigo em frente, às vezes até esqueço que estou preso. Isso é raro, mas acontece.
Quando estou deprimido me arrasto, tropeço na corrente e não obstante sou derrubado (ou me derrubo?), aí procuro algum lugar para descansar e fico sentado observando quem passa. Outro dia parei numa estação – de trem ou outono, não lembro bem – e fiquei daquele jeito: olhando sem ser notado. Desse "outro" dia eu nunca esqueci, e já faz muito tempo. Acho que tenho facilidade de resgatar antigas recordações, lembro de muitas viagens e loucuras que passei naqueles tempos... Naqueles tempos sim! Parece mentira e é difícil de imaginar que tenha passado tão rápido, ocasionalmente sinto-me como um brinquedo nas mãos de uma criança má. É difícil mesmo,–

mas é fato e está no espelho –, e agora que estou com oitenta anos, o melhor que posso fazer é relembrar.

Vi tantos passageiros em minha breve e longa expedição, que da maioria eu nem guardei o nome ou a fisionomia, porém há outros que nunca me saem da cabeça, mesmo que eu queira muito. Naquela estação – de rádio ou verão, não lembro bem – percebi alguém que descia de uma nave, dessas antigas, que foram inventadas após os obsoletos tapetes voadores entrarem em desuso. Ela parecia contar os passos e cuidava para não pisar em determinados locais da calçada. Todo o piso do lugar era formado por pedras ou lajotas hexagonais, dessas que a gente costuma ver em rodoviárias. A cada passo que dava observava atentamente com o cuidado de quem quer pisar bem no centro. Ela tinha horror a bordas. Foram treze passos à frente, depois mais treze, depois mais sete e diante do balcão deu três passos a direita e mais três para a esquerda e parou. Não sei ao certo por que eu acompanhava aquele caminhar tão atentamente, talvez pelo fato do seu andar lembrar em muito o peso da minha cadeia.

"Moço, me vê um sonho e alguma coisa pra beber". Ela disse isso tão lindamente, com os dois pés paralelamente plantados bem ao centro de duas lajotas. Dóris tinha horror a bordas. Alimentou-se de sonhos e de coisas para beber e depois percebeu o mundo que havia em sua volta. Olhou-me por alguns segundos com seus grandes olhos negros e, sem pressa alguma, pode esboçar até um tímido sorriso, mas ainda era cedo. Devia ter no máximo quinze anos, mas parecia estar pronta para tantas coisas. De fato ainda era cedo, e o trem que apitava há algum tempo, apressava suas mastigadas, era de uma voracidade justificável, já que passava da hora de prosseguir a sua rota. Voltou-se lentamente, olhou para a nave e seguiu. Não observei mais seus passos, mas ela nunca mais sairia da minha cabeça, até aquele dia, que depois de tantos outros, haveria de ser o último.

Eu também segui, e às vezes me sentia tão morto quanto um poste que suporta a lâmpada que ilumina o caminho dos outros, por outras tão vivo quanto um biquíni verde limãozão. Fui adiante sem ser notado, e assim foi por um bom tempo.

Difícil foi andar – agora eu carregava um balaço incrustado em minha testa, um olhar penetrante que, se não me atravessou, me deixou baleado. As marcas daquela parada e daquele olhar ecoavam dentro do meu corpo como um projétil que, após ser deflagrado, vai ricocheteando até encontrar seu berço final. Ah! Sem esquecer nunca do peso da bola de ferro.

Uma vez ela me chamou de louco – ela sempre me chamava de louco – talvez eu fosse, acho que sou, mas era bem mais fácil ser louco vivendo ao lado dela. Apesar de ter certa habilidade em resgatar antigas recordações, não consigo localizar em meus primórdios o momento pontual em que "saí da casinha". É certo que foi muito cedo e, na única vez que ela me chamou de poeta, é bem provável que eu já estivesse enlouquecido.

Dóris também seguiu em sua trajetória e, rapidamente parada em seu banco rente a janela, via uma paisagem passar para o passado. Apressada a imagem nem foi notada e logo foi esquecida e de tão esquecida não foi nada, de tão nada nem foi vista, nem foi vida – e de tão apressada foi sendo trocada por outra, e por outra e por outra, não menos apressada.

Ela partiu e, quando o veículo já ia se perdendo do meu campo de visão, a distância foi aumentando dentro de mim. Arrastei-me até o balcão do bar e pensei em ficar bêbado – a lucidez me parecia insuportável –, mas não o fiz e continuei tentando me suportar. Ela havia deixado um sonho inteiro sobre o balcão e, sem tocá-lo, foi embora, como pode? E por que fizera aquilo? Para mim era incompreensível tal atitude, mas essa não seria a única vez que ela agiria daquela forma, desde pequenina Dóris tinha uma estranha relação com os sonhos.

Linda nunca compreendeu as atitudes de sua mãe, e um belo dia também tomou uma atitude e partiu. Foi embora e só voltou anos depois para o funeral de Dóris. Dizem que Linda morreu virgem, mas isso não é verdade e não tem a menor importância, o certo é que no dia do funeral, ela nem chorou e dores ela não sentiu. Apenas olhou para o lado e disse "tchau!" para Alice Clair, uma de suas estranhas amigas de infância. A única que também esteve lá.

Os resquícios daquele olhar
e a necessidade do reencontro.

Uma pausa para o amor! Voltemos a ela que viajava.
Estando bem acomodada em sua solidão Dóris passou a lembrar da triste figura que vira na estação, não do mendigo, mas sim daquele que parecia suportar o peso de um imenso abandono e que sentado observava os passantes. Perfeito! Não tardou em querer voltar, lembrou do sonho que havia deixado sobre o balcão e de como comeu com os olhos aquele que despertou a sua sede. Pensou-se pobre, sem brilho e sentiu a necessidade de um objeto que agregasse valor à sua delirante incompletude, (nada feito, minha querida, agregar valor é termo batido e está mais para um gerente de *marketing* do que qualquer outra coisa. Vai, mas tente outro termo, outro caminho). A viagem agora era de ida e de volta, e ela remava mais do que nunca a favor e contra a corrente.

Desconhecida de si, estranha em sua própria casa, foi perdendo-se no caminho e o retorno que era eminente não retardou em se tornar distante. Mas a tarde morna, tão esperada, haveria de chegar, um dia.

Chegou. E em menos de meio segundo a ansiedade já tomava conta de seu belo corpo. Rodada, e um tanto calejada com vinte e cinco anos, não contou os passos ao descer na estação, não pensou em bordas, apenas andou. Parou diante de um enorme espelho e voltou a reconhecer-se como naquela distante noite em que percebeu sua face no reflexo da janela do ônibus. Não queria perder tempo, nem queria perder a viagem, pois sabia que já tinha um amor.

Dóris deu mais um tiro certeiro, ele sentiu novamente a flechada do seu olhar, e de tanto levar flechadas de seu olhar, do olhar de Dóris, ele tombou de quatro (coração: no amor, alvo destino de todas as flechas). Mas levantou, saiu correndo e voltou mais rápido ainda, a bola de ferro agora parecia uma bexiga cheia de ar que mais flutuava que tocava o chão. Na mesma cena um engraxate coadjuvante constrangia o momento cantarolando uma canção desnecessária, trilha sonora e piegas do alegre encontro "é o amor, é amor meu amor, é o amor ô ô ô ô, é amor meu amor". Chega a dar asco!

Tudo parou e eterno foi por alguns segundos, era o encontro das faltas, era a união das mais perfeitas certezas de abandono. Não foi necessário pensar em nada, nem era necessário botar lenha na fogueira haja vista a forte chama que queimava. Era o próprio fogo que ardia. Assim eles se sentiam, incendiados (Chega a dar asco!). O desejo era forte, para além da necessidade misturada à falta. Traziam notícias um do outro e as palavras que diziam desenhavam belas letras em seus negros quadros. Paixão violenta, falta de ar e falta de fome, tudo isso bem temperado pelo non-sense.

Existe o sem sentido e inclusive o fora do sentido e é claro que existe a paixão que sempre se fundamenta no irascível, contra a qual não existem defesas possíveis muito menos argumentos que possas persuadir a quem por ela está tomado. Talvez seja a paixão a única coisa que possa se aproximar do que se espera de um encontro. Sim, o encontro de duas criaturas despidas do razoável. Sim! Chega a dar asco!

Pausa para mais um pouquinho de mim!

Começou então uma nova jornada, agora ela me ajudaria a carregar o meu fardo e eu a ajudaria a pisar bem no meio das lajotas. Enquanto durasse a falta, enquanto faltasse um beijo, estaríamos juntos. Agora a viagem era outra, e quem sabe teríamos algum dia alguém que fosse um pouco ou um pedaço de cada um de nós. Foi preciso navegar por muitas ruas, luas e luas, para então finalmente, poder parar.
Aportar seria a melhor definição, já que decidimos ancorar nossas vidas num porto supostamente seguro após navegarmos em mares que pareciam calmos e tranquilos, águas profundas cheias de mistérios e que por fim pareciam nos conduzir

à garantia, a calma e tranquilidade que precisávamos para sermos uma família verdadeiramente feliz, com fartura e ganhos necessários, com conforto e prosperidade, tudo funcionaria bem com estava previsto em nosso projeto de vida, um jardim com flores amarelas (e medrosas), rosas e amores perfeitos, uma fonte, casinhas para os pássaros, cata ventos e coisinhas que embelezavam nossa fachada que era admirada pelos vizinhos, vizinhos que eram amigáveis e perfeitos como nós mesmos parecíamos ser. Nossa grama era verde!
Nessa época até que me senti feliz, era uma estranha plenitude, e eu ainda nem sabia dos perigos do que significa querer ser pleno. Lembrei-me até de uma única vez que me senti realmente feliz. Foi em uma remota tarde de verão em janeiro de 1930, em que eu fui pescar lambaris do rabo vermelho com um primo terceiro, na margem direita do rio Belém. Eu deveria ter uns nove ou dez anos na época e depois disso nunca mais o encontrei. Há quem diga e jura que ele virou vampiro e que provavelmente, seja o único vampiro de Curitiba.

As duras penas de ganso

Dóris nesse tempo parecia muito tranquila, os sonhos não a interessavam mais e, por isso (acho), ela dormia muito bem. Deitada com a cabeça afundada em penas, ela parecia completa, e foi nesta época que provavelmente perdeu a graça.
A desgraçada tornou-se quadrada e nada mais faltava. Nada mais a desejar. Tirei todo seu relevo e a transformei em objeto chato. E não faltou mais ar, nem beijo, eu procurava e a encontrava. Acabou-se o amor, pois este não resiste ao todo e, ao deixá-la completa e acabada, ela era, então, um objeto total.
O problema do nosso amor certamente foi a pretensão de querer ser sempre pleno. Sermos os dois Um Todo!
Depois de algum tempo Dóris já não dormia tão bem assim e a duras penas conseguia relaxar. Lavava as mãos constantemente, regava vasos sem plantas e odiava ter que sair de casa. Abordava o chofer para ele lhe explicar os pe-

rigos e as curvas da estrada de Santos. Passou a receber telegramas de Deus e começou a profetizar o fim dos tempos. Jurava por sua filha que as viagens interestelares não passavam de subterfúgios, planos secretos e conspiratórios, que a história da arca de Noé foi uma grande mentira inventada por senhores perversos sedentos de poder.

Foi aí que pensei em arrumar as minhas malas, ficar pronto e alerta, enquanto ela, no silêncio do seu quarto, esperava por seu salvador.

A farsa estava armada. Em sua garganta o nó de todas as angústias e a acidez provocada pelo refluxo, efeito de tanto engolir sapos (tudo comprovado pelo diagnóstico endoscópico).

Secou por dentro e embruteceu os sentidos. Ela sentia raiva e odiava a ideia de ser ou não ser amada, chutava seus objetos e salgava demais a comida. Conteve seus anseios e desejos, sabia que a vida era sofrer. Andava feito aquele louco que chega sem nunca sair.

Uma espécie de sentimento de culpa fez com que Dóris cobrisse Linda de cuidados. Sempre que podia dizia para sua filha: "cuidado com os

homens", "cuidado com o amor", ou algo como: "proteja-se das paixões e cuide bem dos seus passos". Linda nunca passou fome nem frio, foi abundantemente alimentada por toda sorte de produtos perecíveis e sem valia. Nunca faltou leite. O mundo talvez acabasse, mas nunca, jamais, de jeito nenhum faltaria leite.

Toda a expectativa frustrada, Dóris sentia-se vítima do destino. Depois de tantas e tantas milhas, tendo sido rainha e desejada, seu mundo começava a esvaziar.

Reclamava muito e de tudo: que a casa estava um lixo, que o varal não prestava e que faltava abraço. Abraços que ela também não dava e que já não queria mais. Eram muitos "quês" naquelas tardes vazias. Então eu saia para comprar obturações e cordas de varal. Fazia de tudo para que ela se sentisse toda, e caprichava nos nós para que as cordas nunca se soltassem. Mas ela insistia "que isso estava uma merda, que aquilo não prestava. Que eu não ajudava e que não servia para nada". E eu em meu silêncio habitual pensava: "os que que quês, roubaram meu amor, eu sei".

Depois eu tirava de trás do sofá uma garrafa de água ardente e lembrava-me de quanto (uma vez) fora feliz na infância, uma vez pelo menos... Lambari do rabo vermelho!

Os (M)eus tolos argumentos

Lembro muito bem da primeira vez que tomei o meu primeiro copo de água ardente. Foi uma experiência marcante – das que eu recordo foi a mais – já que não me lembro como foi quando nasci. Alguém havia largado aquele pequeno copo que parecia conter apenas água ao lado de minha lancheira e de minha chupeta. Eu não ia pra aula sem elas. Bateu lá no fundo e fez eco, e um mundo novo então brotou em meu pátio; eu estava descalço e dava passos de tango esperando o almoço ou o moço que me levaria à escola. Na verdade essas são lembranças confusas, não me recordo com exatidão, acho que também recalquei. (Enquanto isso) "Garçom, mais uma dose, é claro que eu to afim".

Aquele copo me abraçou como um polvo, como um urso, como uma mãe que sente saudades demais ou talvez como a morte abraçaria Dóris sob o varal.

Eu e aquela água fomos cúmplices de alegrias, brigas e fiascos. "Lembra daquela vez que te encontrei debaixo da cama?" Ela nunca respondia, sempre foi fiel ao meu estranho gosto pelo silêncio.

Andávamos lado a lado. Eu dava dois passos na lua, ela me esperava no bar da esquina, e isso era o máximo da fidelidade. E ao nos separarmos eu a deixava nas privadas ou em postes solitários e ela me deixava louco. Como explicar tal paixão? Eu não merecia tanto, era demais para mim, foi então que decidi que era necessário sofrer. Com o advento da hipocondria tudo ficou menos complicado, eu pude me sentir o pior, mesmo estando bem.

Assim é mais fácil entender o peso de minhas cadeias. Então eu estava pronto e bêbado, e o olhar de Dóris pode ser o tiro mais certeiro que me atingiu e que me fez bem, e que me fez mal. Esse é o grande segredo: o que faz bem também faz mal, não há saída. Algo faz falta, e eu não posso me enrolar (ou enrolar vocês) em mil cores como os pirulitos perfeitos daqueles desenhos animados de antigamente. Deixemos pra lá e com gritos de viva! Brindemos aos meus mais tolos argumentos. Depois é só esquecer. Não há como explicar, não é preciso nem entender.

Rua sem saída! Eu pensava em tudo, menos em estar ali. Deitado na rede rente à janela eu fitava os passantes, tremendo de medo. Eu tinha muito medo. A loucura de Dóris não era mais tão estranha, na verdade se tornara algo bem familiar, e Linda, coberta de cuidados, parecia uma boneca. Então eu colocava meus óculos escuros e ficava de olho. Tomava um chá amargo que me fazia bem e mal e depois de alguns minutos eu ficava apavorado. Havia naquela vizinhança uma nota promissória que me perseguia. Cada vez que ela virava a esquina eu pulava para dentro da casa, mas não era só isso. Só de vê-la a angústia interditava o meu peito e de imediato me vinham à mente as contas atrasadas, água, telefone, luz e gás.

Lembro-me uma vez que Dóris me chamou de poeta, eu nunca havia levado aquilo a sério, mas tamanha era a angústia que pensei em acreditar e escrever. Quem sabe as letras em associação livre me levassem para um outro lugar. Um país colorido, edênico e distante. Mas não, eu fiquei ali aos pés da torre de Babel, falando sozinho pelos cotovelos. Pensei então que deitado na rede seria impossível prevenir-me daquela nota desafinada e promissória. A solução seria morar no último andar de um prédio muito alto de onde eu pudesse ver a Cruz Machado terminar seu calvário na Tiradentes. Aí eu escreveria um poema para o meu lindo lar. Se eu tivesse anotado, o tal "poeminha" seria mais ou menos assim:

Curitiba do alto

Eu tenho flores
Um lindo quarto
Vejo do alto
A Curitiba
Dona Tereza
Limpa a sala
Que é tão bela
Mas não é dela
E sobre a mesa
Contas esperam
Que o meu saldo
Volte ao zero

Não anotei o verso, o que me deixou ainda mais apavorado. Notei que eu não tinha a menor ideia de como assinar tão singela obra poética. Sempre estive perdido a esse respeito, não sabia me localizar na história de Dóris, já que em alguns momentos da saga eu era simplesmente "aquele que". Em outros trechos me propus a ser o objeto de seu olhar e de seu desejo, e muitas vezes me surpreendi na função de narrador. Mas quase sempre e a todo instante me sentia um quase nada, medroso e preso pelo pé.

A infância de Linda e a rua sem saída

Linda chegou numa noite negra e sem estrelas, nós a esperávamos no hall do aeroporto ou na ante-sala de um quarto qualquer – não lembro bem –, era muito escuro e eu estava desmaiado. Foi realmente lindo ver aquela criatura crescer. A vida no começo daquela bela viagem parecia que nunca teria fim.
Desde a chegada àquela estação – espacial ou de primavera, não lembro bem –, era mais que evidente que nosso próximo destino seria uma rua sem saída. Aquelas que parecem tão seguras e que, no entanto, são monótonas e de duplo sentido.

Chegou-nos tarde a percepção de que nunca, em nossa convivência, cogitamos que o fim da rua poderia ser o começo de uma estrada sem fim.
Na rua sem saída, Linda cresceu e foi construindo sua tragédia, ela nunca nos entendeu e eu sempre soube que um dia ela partiria também. Eu não suportei e fui embora antes. Yáscara, Sônia e Alice Clair também moravam naquele quarteirão e foram suas melhores amigas, até aquele dia que depois de tantos outros haveria de ser o dia da despedida... E a infância de Linda não passou de alguns parágrafos.

As amigas de Linda

A única amiga de Linda que esteve na despedida de Dóris chamava-se Alice Clair. Alice era uma gatinha perfeita, gostava tanto de determinada banda de rock que chegava a alucinar a companhia de seu guitarrista adorado. Tinha ímpetos

estranhos, vivia chorando baixinho, detestava comer e nunca na vida deu seu telefone à garoto algum. Virou lenda, simplesmente partiu com Johnny em uma bela madrugada ou em um belo delírio... É o que dizem. Para seus pais ela era a filha querida e doce, nunca entenderam por que se foi e para onde, há quem diga que ela nunca partiu e que apenas se fechou em delírios sem nunca mais travar contato com ninguém. Alice passa ou passou já não se sabe mais (ninguém diz mais nada), o resto de seus dias em um bom e necessário retiro. Um bom retiro sem fim. Em um quarto de doze metros quadrados, absoluta prescinde do mundo externo, esnoba seu mundo interno e esbanja um mundo supostamente eterno ao lado de seu pra sempre amado *guitar hero*.
Não pretendo falar de todas as amigas de Linda, mas uma merece destaque: Sonia. Sonhava ser escritora e um belo dia resolveu escrever e começou bem.
Vejam só o que Sonia escreveu:
Havia algo de belo naquele envelhecer. Do canto dos olhos pregas sulcadas pendiam sobre a face, corrosão alusiva a ilusões, água e sal. "Para a ter-

ra" indicava o caminho das lágrimas, "muito em breve" dizia seu coração.

Naquela semana recebera em casa um de seus três filhos que o visitava com frequência, e aí como de costume sentaram à beira do riacho do fundo da chácara com a desculpa de pescar, passaram horas silenciando antigas mágoas, ruminando nostalgias eternas, em agradável e pontual companhia. O "eu te amo" ensaiado durante dias (durante anos) mais uma vez não pôde ser, como sempre ficou para a próxima e o "até semana que vem" repetiu na voz do velho uma certeza de duvidar.

Não vamos falar em felicidade, não é disso que se trata tampouco em adaptação nada disso! Ele estava onde queria estar, finalmente tranquilo depois de muitos anos, depois de muito tempo planejando conseguiu enfim que as coisas se harmonizassem um pouco. Morava ali havia uns dez anos, dali quase não saia, ao final de fato nunca mais saiu.

Foi assim que ela começou o seu livro, mas aí se apavorou, criou uma verdadeira resistência à ideia de ser bem sucedida como escritora, medo que virou pânico e nunca mais ousou escrever. Nunca mais!

Aos bobos da corte

E de repente eu gritei: "hei, você está comendo o dicionário do papai". Linda nem pestanejou, gulosa apenas continuou mastigando e engolindo a seco um bocado de lexemas, inefável atitude que me deixou pasmado, de boca aberta, literalmente sem palavras.
Linda sempre foi uma criança independente, sem ainda ter o coração partido já reivindicava o trono. Era a primeira e única na linha de sucessão. Tirana, sempre fora uma princesinha cheia de caprichos. Sua mãe, sem saber, havia perdido o trono há muito tempo e os seus castelos eram apenas de areia. Ruínas em lugar nenhum. Sem cavaleiros e feitos heróicos, Dóris viajava como quem delira. Linda era a herdeira desse reino do nada.
Linda tinha ímpetos violentos. Guilhotinava Barbies e devorava tudo o que era doce. E se viver fosse doce, ela teria sido feliz, ou no mínimo alegre. Às vezes.
Nós éramos os bobos da corte. Não porque Linda nos colocava neste lugar, mas porque

éramos. As minhas lágrimas alcoólicas não comoviam mais ninguém, nem mesmo a mim. E Dóris tão pouco se lembrava de sua bela viagem e do seu sonhado encontro com "aquele que" que no final acabou sendo apenas eu.
Necessariamente faltoso foi o encontro. Lógico que Dóris não encontrara o que procurava. Ela apenas aproveitou a promoção e, apesar de corações estarem na moda e disponíveis em várias cores e padrões, ela tinha pouca escolha. Foi só a reedição de uma antiga proposta: pegar ou pegar. Quando a encontrei eu estava à deriva, já não suportando o peso que me impusera, e achava que qualquer ajuda seria bem vinda. Mesmo a de alguém que tinha horror a bordas e que abandonava sonhos inteiros.
Linda cresceu aparentemente feliz, porém nunca foi. Ninguém é. Mas era hábil em parecer que era. Desde muito cedo soube que era preciso ir à luta, defender-se e por isso não perdeu a majestade. Tinha propriedades e faculdades que possibilitavam qualquer adaptação. E se fosse necessário roubar, ela facilmente desceria do trono e passaria à transgressão, como de fato

passou, não que seja necessário descer do trono para transgredir, né? Linda passava as tardes com suas amigas estranhas, andavam pelas ruas e viviam nas nuvens (de algodão doce).
Eu e Dóris continuamos em nossos mundinhos. Linda foi construindo o seu e, por pior que fosse, seria melhor que o nosso. Nós éramos os bobos da corte. Não porque Linda nos colocava neste lugar, mas por que éramos. Linda sempre nos deixou sem palavras.

Um coração agredido

Estenda a mão como quem recebe o corpo e no lugar do filho coloque um grande coração. Na mão direita segure bem o estilete e com o punho firme comece a cortar. Corte em tiras cuidando para que tenham certa simetria. Lembre-se sempre que as incisões deverão ser pontuais e certeiras.

Então depois de ter cortado, ela puxou uma a uma as partes simétricas de músculo cardíaco, e foi descascando como se faz com uma banana. Após tantos anos, é difícil descrever ao certo o que aconteceu com o meu coração. Mas pelo que me lembro, foi essa a técnica utilizada por Dóris. Imagino que ela tenha deixado as instruções bem detalhadas para sua única herdeira.

Com uma prática admirável ela continuou a operação e, no final, quando tudo acabou, não se espantou ao encontrar a pedra. Tudo ocorrera conforme sua diagnose. Não havia outra coisa, senão uma pedra a ser encontrada dentro de meu peito.

Com muito cuidado ela extraiu a pedra e aí tudo se agravou. Agora o meu tórax estava oco, a minha vida vazia e os meus dias iguais.

Eu não fazia muito, sofria pelo que não existia e sentia uma dor que eu não sei explicar. Não conseguia enxergar nada em minha volta, o que doía era o que importava. Neste aspecto eu era um grande egoísta. Continuei assim o meu dia a dia, sempre espreitando, cuidadoso dos perigos que talvez nem existissem e olhando apenas para o meu próprio umbigo, eu e o meu umbigo, eu me preocupava com ele, mas ele nem falava comigo. Passei a desconfiar dos meus sentidos ao perceber tardiamente que Dóris começava a cheirar mal, cheirava muito, muito mal.

Linda seguia os passos de Dóris e, com um rigor quase profissional observou, todas as instruções. Aos 13 anos já possuía uma prática invejável até para a sua mãe. Conteve-se da primeira vez diante daquele prato exótico, era o receio da possibilidade e do poder de executar. Como um futuro assassino que hesita diante de sua primeira vitima, ela também pensou uma vez, uma só vez, antes de começar a devorar uma porção de corações.

A voracidade de Linda era grande e parecia ser proporcional ao seu vazio interior, manteve-se insatisfeita para sempre poder querer mais. Arrebentou tantos corações que começou ela mesma a sofrer com problemas de saúde. Foi acumulando pedras e mais pedras e por fim teve pedras nos rins. O colesterol também causou alguns danos, a acidez de seu estômago acabou em úlceras, o que lhe tornou a vida bastante custosa. Era visível que Linda estava cada vez mais semelhante a sua mãe. Vivíamos assim: eu me escondia, Linda devorava, enquanto Dóris continuava sua viagem incomum.

A dor em Ré menor

Dóris era bem mais jovem do que eu, e quando nos conhecemos, apesar de toda a estrada, ela ainda era muito bonita (mesmo). Mas a beldade durou tão pouco que chego a me questionar: seria possível que os meus olhos secos haviam perdido o interesse? E ainda que eu insista em dizer que tenho facilidade em resgatar antigas recordações não consigo lembrar de algumas passagens com exatidão. Mas me lembro que havia sempre aquela nuvem negra que pairava sobre nossa rua sem saída, deixando tudo sempre muito sombrio.

Se minha memória não falha, parece que houve uma fase em que Dóris começou a cheirar muito mal. Se bem me recordo foi na década de 70, uns dez anos depois do encontro naquela estação rodoviária ou de inverno, me custa lembrar com exatidão. Ela começou a apresentar sintomas estranhos que, por mais que eu fingisse não perceber, saltavam aos meus olhos. Esses sinais obscuros e claros consistiam numa série de novos rituais realizados por Dóris. Passou a ter insônias e, mesmo que tentasse dormir, passava a noite preocupada com a segurança da casa. Andava muito deprimida, mas alternava esses momentos de depressão com períodos de pura agitação e euforia. Parecia estar sempre gripada, rangia os dentes e tinha coceiras nervosas, provavelmente por causa de algum fungo.

Naquela época a dor em mim era como um triste refrão de uma canção em Ré menor. E eu começava a me sentir ameaçado pela insônia sonora de Dóris. Não pude avaliar com precisão se realmente eu corria algum risco ou se a minha paranoia estava aumentando. Sim!

Eu corria um grande risco. Eu que já tomava tantas precauções em função da perseguição de uma nota desafinada e promissória, sofria agora os horrores de estar em perigo em minha própria casa. Comecei a ter certeza que aquele não era um lugar seguro. Era certo que Dóris me dava azar. Eu andava meio confuso e bebia muito, ainda assim me parecia estranho eu esquecer onde havia deixado a última garrafa. Em certas ocasiões eu tropeçava em meu passado, morria de medo do futuro e isso me fazia muito mal. Eu estava azarado e com certeza absoluta, ela era a culpada.

Dóris continuava regando vasos vazios e recebia por via aérea, cada vez com mais frequência, os tais telegramas divinos. Segundo consta foi por causa deles que ela decidiu fundar uma nova igreja. Deus tinha lhe enviado todos os detalhes de uma teoria complexa sobre o céu e o inferno. Foi aí que Ela se sentiu a escolhida, soube de forma imperativa que seria necessário perseguir seu destino e realizar os tais planos secretos do Senhor.

Eu me sentia cada vez mais ameaçado, comecei a traçar rotas de fuga e cheguei a pensar que

Deus estava me castigando por intermédio de Dóris. Levei em conta que Ele tinha uma vasta relação postal com ela, e quem sabe fosse esse o motivo dela estar me azarando cada vez mais. É de se pensar que de certa forma, mesmo que indiretamente, eu também estava nos planos ocultos do divino.

Um atormentado era isso que eu era. O azar me colocava em situações ridículas com as quais eu lidava de uma forma também muito ridícula. Os fantasmas do passado continuavam a me assombrar, a sensação de perda era intensa. O vazio fazia parte da minha débil estrutura e a ebriedade era uma espécie de intervalo de cada dor.

Eu precisava me livrar de Dóris, ou apenas fugir. Logicamente fugir seria bem mais adequado, era algo que me era bem habitual. Foi então que eu planejei uma nova jornada, ou simplesmente, mais uma fuga. Eu precisava sumir, para depois aos poucos ser esquecido e, quem sabe, nunca mais ouvir falar de mim.

A correspondência divina

Os detalhes da teoria complexa sobre o céu e o inferno que Deus enviara a Dóris talvez sejam bem familiares ao leitor e até lembrem em muito outra doutrina qualquer. O fato é que, possivelmente, Dóris não tenha sido a única a receber os tais telegramas divinos e, por este motivo, é plausível que outras pessoas possam ter fundado religiões e seitas por razões semelhantes.
Ela estava super empenhada com os preparativos do que ela chamava de "Abrir as portas do inferno". Eu, por outra, me preocupava em entender o que diziam, ou o que queriam dizer os noticiários da televisão. Isso sempre foi algo extremamente penoso para mim. Nunca entendi como a novidade do momento que veio para ficar, às vezes era só uma tatuagem que durava apenas uma semana, ou como o piloto medíocre (de um carro medíocre) que levou voltas e mais voltas, nas voltas que o mundo dá, daria a volta por cima na semana seguinte e, ainda por cima, ganharia a prova

seguinte. Sei lá, é estranho, é confuso... É o seguinte: deixa quieto!

Seguindo... Então, ela estava muito empenhada nos preparativos. Tudo era ininteligível para mim... Mas só para mim. Dóris teorizava a respeito de seus telegramas e anotava em papéis de parede os mandamentos de sua tão nova religião. Nossa casa acabou se transformando em uma espécie de bíblia. Todos os livros, todos os salmos e versículos em todas as nossas paredes. Teorias sobre a criação do mundo no teto do nosso quarto, o apocalipse inteiro sobre a pia da cozinha, e todos os santos e suas longas jornadas descritos em letras garrafais no tapume esquerdo da despensa, onde guardávamos o que não servia e não serve para nada.

Passo a passo, de um canto da casa para outro, minha mulher, que já não era minha, continuava sua marcha maníaca anotando, riscando, apagando, acrescentando e excluindo, ela escrevia e reescrevia sua doutrina secreta. Sempre lendo e relendo com o máximo de cuidado os tais telegramas invisíveis. Tudo era inteligível para ela... Mas só para ela.

Eu não compreendia nada do que se passava. Paranoico e teofóbico, eu me sentia um ateu dentro do livro sagrado e me preocupava com o meu braço esquerdo que, às vezes, ficava imóvel. Contemplava-o por horas e, depois de alguns goles, eu sempre acabava me sentindo melhor. É claro que eu nunca soube o porquê, mas sempre que passava o efeito daquilo que me fazia bem e mal, lá estava eu, me sentindo um pagão.

(Só muitos anos depois que descobri que o que me faz bem, pode me levar a fazer bem o que faço e, que isso também pode me fazer bem. O que não me mata me excita e me incita a fazer e a produzir).

Eu era o grande herege, pronto para ser condenado e queimado na fogueira. Eu tinha certeza que uma expedição militar estava a caminho para acabar com todos os heréticos e que, sendo eu um blasfemo, estava condenado a viver fugindo de todos os cruzados.

Dogmas, mandamentos e tantos mistérios, estavam todos relacionados na nova doutrina "Dórisiana". Passos importantes para ascender ao céu, estágios que correspondiam a cada nível de evolução e todos os pormenores claramente organizados em sua cabeça, ela tinha convicção que salvaria a muitos e que abriria enfim as portas do abismo.

É admissível pensar que eu também era um dos que ela considerava salvar. As poucas vezes em que falava comigo, Dóris apontava para os meus grandes erros, nomeava minhas faltas e, como de costume, me chamava de bêbado problemático. Eu sabia muito bem o quê e quem eu era, e entre tantos defeitos, eu conhecia as poucas virtudes que eu tinha e intuía que, de alguma forma, me manteria vivo. Eu sempre fora um sobrevivente, superei muitas coisas em minha fantástica viagem: países e cidades, o fracasso escolar e outras pessoas malucas que não me impediram de seguir. Sabia onde pisar e, mesmo com toda insensatez e falta de bom senso, nunca tive dúvida de que sobreviveria a ela também.

Antes do catecismo o pão

Como sobreviver a toda essa loucura? Fazendo pão!
Pensei que sendo útil, minha situação poderia melhorar, e como o pão é algo muito significativo no que se refere à religião, eu pensei que poderia ser o padeiro oficial da igreja de Dóris. Então comecei minha indústria, segui a receita e fui juntando os ingredientes do que seria um lindo pão, deveras saudável. Cinco xícaras de farinha de trigo, duas de farinha integral, uma xícara repleta de óleo, quatro colheres das de sopa de açúcar mascavo, uma colher cheia de sal, quatro colheres das de sopa de linhaça, duas xícaras de farelo de trigo, um saquinho de fermento seco e água morna. "Pronto, agora vai!" Sovei a massa e reservei esperando que crescesse, era uma questão de tempo e, quando dobrasse de tamanho, faltariam apenas alguns detalhes. Eu estava todo orgulhoso de mim e minha modéstia, que já não existia, tinha se dissolvido em um copo de cerveja que testemunhava o grande acontecimento.

Mas não foi! O pão não cresceu, o milagre não ocorreu. Eu observava a massa esperando perceber qualquer indício do aumento de tamanho, mas qual, nada, nem um pobre milímetro. Foi aí que uma grande crise se instalou em mim, o mau humor tomou conta de meu ser, a angústia e o desespero também. Maldita hora que eu decidi ser útil, aquele maldito pão acabava por atualizar todas as malditas coisas nas quais nunca obtive nenhum sucesso. As derrotas amargas cuspidas e escarradas em minha face, todas as coisas que algum dia eu havia começado e que não consegui terminar se materializaram naquela massa morta. Aí eu fui me encolhendo, fui sumindo, meu ego estava em pedaços, nada mais terrível para um ególatra. Agora não havia mais saída, os cruzados chegariam a qualquer momento.

A primeira resposta

"Contemple os seres vivos da terra e terás a resposta para aquilo que procuras".
Foram madrugadas inteiras diante de livros e tratados de biologia, enciclopédias e *discovery Chanel*, para estudar e observar a vida do reino animal. A frase divina estava lá desde o primeiro telegrama, agora era necessário procurar e encontrar para descobrir os teoremas da vida e os macetes do xadrez... Do xadrez!
Ela sabia que a solução estava lá em algum lugar: talvez no mar que supomos conter o enigma do princípio da vida, quem sabe nas asas de quem voa ou na boca daqueles que comem merda ou carne. O céu estava lá, o inferno também, mas onde, onde estaria a saída para a charada suprema?
Bingo, sim! Era a saliva que poderia responder todas as perguntas, claro a saliva! Pense no o que há de mais comum e que está no íntimo de todas as relações que as espécies mantêm. Sim

a saliva! Lógico! A zebra na boca do leão, o leão na boca do abutre, o abutre e o sorriso na boca da hiena, o homem na boca de vermes e a carne na boca do homem.

É curioso como as pessoas procuram e procuram o tempo todo, em alguma coisa ou em algum lugar, nunca encontram exatamente o que buscam e, desde sempre se encontram perdidas. Claro, a saliva!

Dóris tinha certeza que encontraria a tão esperada solução para o seu mundo vazio, para sua sempre solidão, para o desamparo que ela já sabia que a viagem proporciona a todos. Não poderia jamais pensar que a busca era em terreno ermo e que possivelmente não havia nada a encontrar. Uma ilusão, um delírio, uma intrujice, qualquer coisa é bem vinda, no momento em que se faz necessário buscar sentidos para poder continuar.

Alucinada, Dóris continuava a sua busca insana e eu, fui percebendo que a hora de partir se aproximava. Não havia mais lugar seguro para mim, eu precisava me libertar. O momento pedia urgência.

"A saliva, sim, a resposta deve estar na saliva". Foram alguns dias a fio de insônia e estudos intensos e no final do sexto dia, Dóris pode finalmente adormecer.

Descansou no sétimo dia, dormiu muito. Apagou em um sono profundo, acordou no oitavo dia com a solução para todos os telegramas que recebera do onipotente.

O todo poderoso havia lhe confiado a mais importante missão, Dóris estava certa que conseguiria organizar toda a estrutura da doutrina revelada e, que saberia em breve como alcançar o reino dos céus. A saliva era a resposta universal. "A saliva, sim a saliva!".

O ônus e o bônus

Não foi tão fácil assim, Dóris enfrentava problemas com sua teomancia. As dúvidas surgiram, haja vista que a missiva da magnificência dos céus trazia consigo alguns obstáculos difíceis de serem vencidos ou decifrados. Quem sabe fosse o caso de adequar a linguagem terrena aos mais evoluídos dialetos da realeza.

A ascética Dóris esperava agora em uma fria estação – de esqui ou inverno, não lembro bem – a visita de um supervisor celestial, na verdade uma espécie de tradutor, um experto em linguagens codificadas vindas do além.

Eis que chegou o dia tão esperado. Então ela se fez bonita, sentou no balcão da lanchonete da rodoviária e até pensou em provar algum sonho. Mas não provou, contudo sentiu naquele momento uma grande vontade de navegar e, uma sensação de ter perdido algo.

A visitação do emissário duraria apenas alguns dias, o bastante para que tudo ficasse esclarecido. O objetivo do viageiro era promover e estruturar através de Dóris a terceira aliança, para que ela pudesse redigir o seu novíssimo testamento. Era consenso de Deus e de todos os santos de que não se faziam mais ovelhas como antigamente e, lá do firmamento, vinha a seguinte determinação: esta ovelha, em especial, não poderia ser perdida.

O rubro céu

Mudança importante de paradigma: com a ajuda do emissário, Dóris descobriu que a cor que representaria o lugar de quem alcança a glória seria, de agora em diante e para sempre, o vermelho. O rubro destacar-se-ia como a grande diferença do que doravante seria entendido por paraíso. O emissário não explicou o porquê dessa mudança, apenas disse ser uma injunção do Pai e lembrou a Dóris do perigo que significa questionar as determinações do todo poderoso e, ainda completou:

"Deus tudo pode". Outrossim, o contraponto do escarlate seria o azul. O infiel, o pagão, o desonesto e o traidor teriam a representação do anil, bem como o lugar infernal que lhe corresponde. O que um dia já foi paz e amor, tornou-se a cor oficial das trevas. "De agora em diante, está instituído que o inferno é celeste".

A mudança seria gradativa até o pleno vermelhar da glória eterna. Haveria de ter várias fases, graus de tons e cores diferentes. O sujeito, a alma, passando por diversos estágios até o derradeiro conforto, onde o (re)encarnado teria o pleno e amplo sentido da palavra. Tudo era inteligível para ela... Mas só para ela.

Novos santos foram nomeados para as mais diversas tarefas celestiais e o detentor da chave do céu, que a partir de então deteria o poder de regular a passagem e a entrada de quem lá chegava, foi denominado de São Figueroa... Não me pergunte por que!

O emissário era claro, os princípios da nova teologia foram sendo fundamentados passo a passo. Dóris compreendeu que se tratava de um detalhado e intrigante complexo de leis articuladas, que determinariam um sistema de evolução e regressões. O tempo, o sofrimento, os perigos e segredos da estrada de Santos estavam intimamente ligados ao progresso de cada sujeito em busca do caminho do rubro céu.

O trajeto era longo e penoso, cheio de estágios que determinavam vidas, reencarnações e santidades.

Resumindo: evolver para alcançar o reino dos céus era uma questão de renascer quantas vezes fosse necessário, sempre ressurgir no corpo de um animal mais evoluído. Dóris soube que ser bicho seria o bicho e, que o homem é o inferno (algum francês já deve ter dito isso ou algo parecido). Tudo era muito simples: a evolução consistia em cada vez sofrer menos, por exemplo, reencarnando no corpo de um predador voraz.

A nova doutrina definia uma longa jornada do abismo ao topo da cadeia alimentar, que no novo catecismo excluía o homem. A ideia partia da determinação de que o homem é o inferno, portanto não é de se estranhar que este, segundo os dogmas da nova aliança, não

fizesse parte do topo, não fosse a ponta de lança desta cadeia.
Você pode imaginar um cavalo em um congresso internacional sobre a violência infantil? Ou um porco sofrendo com a dúvida de uma escolha, pode? Pois é, isso é que é evolução. Ser bicho é o bicho, está dito!
"A saliva, sim a saliva!".

O sorriso da hiena

Aqui algumas lembranças de como é ser devorada.
Eu chorava e ela dizia: Linda, você está com fome minha filha! E assim ela nomeava aquilo que ainda não era nada, não tinha nome e nem sentido. Pressão e desconforto passaram a ser frio ou calor e eu logo aprendi dizer "quente" toda vez que me aproximava do fogão. Isso era febre, aquilo era sono e sendo

assim era hora de ir para a cama. Caca! Caca? "Sim, isso é caca, não é pra por na boca". Boca? Assim fui apreendendo que comida era para saciar a fome. Água é para matar a sede e que se eu tinha sonhos é por que havia dormido. Também foi assim que minha sede passou a ser só de água, minha fome só de comida (até o dia que eu comecei a e devorar tudo o que era doce) e os meus sonhos nunca sonhados em vigília.

Naquela época eu devia estar com febre, minha mãe sabia quando eu estava e eu sabia que deveria tossir de vez em quando, quando estava. Anos depois aprendi a tossir para ter febre toda vez que queria faltar à escola.

Recordo-me de uma vez que eu senti uma baita dor de cabeça e fui até ela para saber o que se passava comigo, sempre que algo doía muito eu corria até ela e imediatamente ela dizia o que eu tinha e me tratava com o remédio adequado. Ela sabia o que era bom para mim.

Minha mãe sempre me cobriu de cuidados. Eu acabei me acostumando com isso, mas a primeira vez que minha cabeça doeu, eu nunca mais esqueci, mesmo porque minha cabeça

nunca mais teve aquele mesmo tipo de dor.
Resgatar essa lembrança não é muito difícil, apesar de todo tempo que passou. Minha cabeça doía muito e eu fui até Dóris para dizer a ela o que eu sentia. Eu disse assim: "a minha cabeça dói, não consigo entender", e ela perguntou: "entender o que?". Eu respondi: "por que dói tanto!". Aí ela disse: "deve ser porque você comeu alguma porcaria, mas onde é que dói?". Eu não tive dúvidas e apontei direto para o meu joelho. Mamãe me disse que era impossível que minha cabeça estivesse doendo naquele lugar, e que a cabeça é em cima do pescoço, e que eu estava fazendo manha e que eu tratasse de ter a dor no lugar certo. Desde aquele dia minha cabeça nunca mais doeu em meu joelho ou em qualquer outra parte do meu corpo, desde então eu sempre tive a cabeça no lugar, contudo se não fosse meu pai interceder eu certamente teria perdido a cabeça, se é que não perdi.
Claro que minha mãe sempre me ajudou e sempre esteve (muito) presente na minha vida e por isso eu agradeço a ela, mas o simples fato

de meu pai desejá-la de vez em quando fazia com que ela me esquecesse às vezes.

Um nome anterior à carne. Sim, mamãe tinha planos para mim e, quando eu cheguei, ela já sabia o que desejar para a minha vida. Eu me chamaria Linda, seria uma garota muito doce e seria feliz. Eu tinha que ser feliz e, esse "ter que" acabava me deixando sempre um pouco triste. O fato é que eu me sentia devorada por esse desejo que a minha mãe nutria.

Formas de devorar, lágrima do crocodilo, alguém lembra do sorriso da hiena? Dóris se contentava com os meus restos e aos poucos ia devorando o que eu julgava ser meu. Ela me dizia como eu deveria viver e sorria a cada naco de desejo meu que engolia.

Um dia decidi que deveria partir e só voltei anos depois para vê-la partir também. Do dia que fui embora não me esqueço. Sentei no meio fio da rua sem saída de duplo sentido, em frente à minha casa, com minhas amigas Yáscara, Sônia e Alice Clair, e ficamos por horas lembrando dos pequenos furtos que fazíamos a padarias e mercados, sempre em busca de algum doce que adoçasse as nossas vidas. Rimos muito e depois choramos. Foi uma amarga despedida.

Meu pai era um sujeito estranho, vivia se escondendo pelos cantos, tinha jeito de poeta, mas bebia como um alcoólatra. Nossa relação também era estranha, ele dizia que desde pequena eu sempre o deixava sem palavras, mas o dia que ele partiu, fui eu que fiquei sem. Ele não suportou os delírios de minha mãe, parecia se sentir ameaçado e acabou fugindo. Nunca mais ouvi falar dele. Mas lembro muito bem da sensação de proteção que causava sua simples presença. Eu me sentia segura ao lado dele ajudando-o a encontrar um lugar seguro, onde ele pudesse ficar tranquilo.

Vivemos juntos durante alguns anos, em mundos diferentes, na mesma casa em um beco sem saída.

Eis que chegou o momento em que não pude mais ficar. Não foi uma decisão difícil de ser tomada, acho que não havia escolha, era pegar ou pegar. Aí eu saí pelo mundo devorando corações. Nunca me saciei. Nada preenchia o meu vazio interior e, a cada coração consumido, eu ria muito (como uma hiena) sem mesmo saber por quê. Fui morar na rua da amargura e nunca mais pensei em voltar.

Como inventar uma dor

Comece pelo pescoço, um nó na garganta sempre ajuda, engesse o peito e contenha-se diante de qualquer possibilidade de bem estar. Nunca volte atrás.
Beber bastante é recomendável, a debilidade física é um ótimo suporte para qualquer dor. Tenha náuseas e vomite palavras absurdas sobre os seus amigos. A euforia causada pelo excesso de álcool sempre se paga com depressão.
Seja desconfiado, paranóico e esconda-se em baixo da cama, é a única maneira de saber que o monstro não está lá.
Culpe os outros, sinta-se traído, traia se for possível e não se contente jamais. Reclame de tudo, diga que falta sal e que o filme é uma bosta. Se tudo isso

não der certo tente o cotovelo, é a maneira mais fácil e eficaz de sofrer por longos períodos sem precisar recorrer a qualquer outro subterfúgio.

Quando tudo estiver um lixo, comece a planejar uma vida mais saudável, faça caminhadas, coma legumes e verduras, tenha certeza que a vida vai melhorar e espere as portas se abrirem. Depois volte a ouvir canções de desamor e repita o ciclo, ou o calvário. Repetir é muito importante.

Teorize sobre a dor ou tente escrever algo que pareça uma poesia ou uma música para dar sentido ao sofrimento (confira o exemplo no poema da página seguinte). O sofrimento deve ser convincente.

Dor de cabeça no joelho não vale, pode parecer falso e nada é pior de que uma dor que não pareça verdadeira. Sofrer com convicção requer trabalho, por isso não faça nada que possa atrapalhar o martírio.

Tenha sempre na ponta da língua as seguintes palavras: sofrimento, pesar, pena, dó, piedade, indiferença, remorso, arrependimento, azar, contrição e culpa. Sentir-se culpado é fundamental. Faça uma poesia medíocre.

De dentro pra fora
De fora pra dentro
Tem dor que é minha
Tem dor que eu invento

Às vezes mais sério
Às vezes sedento
Tem dor que eu não tinha
Tem dor que eu aguento

Se a angústia explode
Eu saio correndo
De dentro pra fora
De fora pra dentro

Às vezes mistério
Às vezes temendo
Tem dor que eu não tinha
Tem dor que eu invento

Não cante, é proibido dançar, não corra risco, não ame, não sonhe acordado. Durma mal, durma sozinho, durma no sofá, durma na sarjeta, durma com o inimigo ou durma no ponto.

Tenha pesadelos.
Ande feito aquele louco que chega sem nunca sair, dê passos em falso ou dê o passo maior do que a perna. Fique de joelhos ou de quatro, pise em um prego, passe por cima de quem te ama, sempre que puder tropece no passado e tema o futuro. Mije para trás e dê braçadas nervosas contra a corrente.
Não pague o preço, seja covarde, preocupe-se com o que os outros vão pensar, tente agradar a todos e nunca diga não. Seja sempre o que esperam de você.
Abandone sonhos inteiros, tenha horror a bordas, devore corações, carregue um peso enorme preso um pouco acima do seu pé. Seja sovina, intransigente e asqueroso. Não viaje e nunca se emocione, não espere por ninguém, carregue o fardo dos outros e tenha dores na coluna.
Lembre sempre: a melhor maneira de inventar uma dor é começar pelo pescoço: um nó na garganta sempre ajuda.

Atenção para dica importante: para inventar uma dor é preciso que o nó na garganta seja interno, caso contrário (nó do lado externo) você corre o risco de acabar com ela (com a dor).

A novidade

Daí, quando eu saia de casa eu sempre tropeçava na mesma pedra (que havia no meio do caminho), sempre! Na rua sem saída de duplo sentido eu seguia repetindo, como sempre repeti, na escola, nas refeições, nos tragos e nas tentativas de parar... De repetir. Durante o dia eu refazia meu roteiro e os planos davam como certo que a novidade mudaria tudo. As vezes eu sabia que não queria retornar ao mesmo bar, mas eu sempre acabava voltando e voltando e voltando e encontrando novas razões para nunca mais querer voltar, ao mesmo bar, mas voltava. Era revoltante!

Veio então a gagueira e eu re re re re re re re re repetia mil vezes mil a mesma a mesma sílaba, e essa rotina persistiu por um ano inteiro inteiro junto dos tropeços na pedra que eu sabia que estava lá lá lá, não tinha jeito. Passei semanas tomado pelo soluço, e este passou a dar sentido e cadência a minha gagueira, que era uma espécie de tropeço vocal repetitivo. Juntou-se a isso a mania de pensar que eu havia esquecido algo, e isso me fazia voltar obsessivamente muitas e muitas vezes vezes para checar o trinco da porta e as oito trancas que eu havia instalado na época em que eu era perseguido por cruzados e notas desafinadas e promissórias.

As (re)voltas tinham sempre uma tendência ao trágico, e em função disso tornou-se necessário e prudente tomar tomar um cuidado re re re re re re re re redobrado já que esquecer era muito perigoso. Por outro lado repetir consistia em esquecer ou não lembrar se eu havia virado a chave ou se havia uma pedra, ou seja, eu teria que lembrar que esqueci lembrar que lembrava que não esqueci e, esquecer que lembrava que talvez houvesse esquecido. Lembrei-me também da vez em que Dóris encontrou a pedra após dilacerar meu coração, e após essa lembrança sobreveio uma nova dúvida – espécie de variante da mania de pensar que havia esquecido – de que talvez a pedra que ela havia encontrado fosse a mesma, a do meio do meu coração e a do meio do meu caminho, e essa dúvida me ficou re re re re re re re remoendo compulsivamente.

Uma vez eu li em algum lugar que repetir é fundamental quando se quer inventar uma dor, fiquei relembrando o que li por alguns dias e depois depois simplesmente mente esqueci ci. Mas me permaneceu a ideia de querer inventar, inventar algo. Quem sabe eu pudesse elaborar a fórmula da minha repetição e a partir daí reformular minha vida introduzindo a novidade. E mesmo que a minha novidade repetisse o paradoxo da sereia do poeta (busto de uma deusa maia + um grande rabo de baleia) seria, ainda assim, deveras interessante, curioso e novo. Mas só a possibilidade de que o familiar da repetição fosse substituído pelo estranho da novidade me deixava um pouco ansioso, um tanto ansioso, bastante ansioso, muito muito ansioso.

A fórmula

A fórmula: 8 res (re re re re re re re re) equivalem a um quarto cheio de neurose, esquecer duas vezes vezes o tropeço vocal é igual ao dobro das fechaduras esquecidas abertas ao dia, ou a metade das fechaduras fechadas e supostamente esquecidas abertas ao dia ou à noite, e essas duas operações correspondem a mais um quarto de neurose. A diferença entre o que eu espero de mim e o que eu suponho ser, defasado pela ideia do que eu não pude ser e ter, corresponde a uma neurose e meia... "Pare! Te orienta meu rapaz, me disse um tempo atrás um popular." Não dá mais pra segurar, explode coração!
Chega de inventar coisas a partir de coisas velhas! Esqueçam a fórmula, eu realmente preciso de algo novo. Um ato apenas para começar a mudar tudo, um ato para introduzir o advento. Chega de reabrir, chega de readaptar, de reacender, reafirmar, reajustar, realçar, recalcar, reanimar, retardar. Basta, não quero mais rea-

parecer, nem mesmo reaproximar, reatar ou retaliar. Deixo para Dóris a função de rebanhar, rebatizar, revelar ou recear, só para ela o redil e o redentor.

Estava decidido: eu precisava partir, os Cruzados chegariam a qualquer momento!
E assim eu fiz minha primeira (sem eira nem beira) tentativa de fuga:

Minha primeira tentativa de fuga!

Transfigurado de ódio
Tive um rompante e pedi
Que ela sumisse de casa
Que ela saísse daqui
Depois de muitos pedidos
Fui eu mesmo que saí
Arrebentado por dentro
Mas me sentindo um guri
Cruzei a Santos Andrade
E pela Quinze andei

Ainda bem transtornado
Parei num bar e pensei
Será que volto ou não volto?
É claro que eu voltei
Será que fico ou não fico?
É claro que eu fiquei!

      Dóris teu homem se foi!

Dóris estava ansiosa e aguardava a chegada de uma visita especial, espacial até. Arrumou o quarto de hóspedes, limpou toda a casa e a si mesma e, sem cheirar mal sentou em seu antigo trono e ficou à esperar. Não cheguei a ver quem entrou pela porta, mas a ouvi falar sem pausas com alguém que parecia não responder. "É você o emissário? Então entre!".
Foram dias incríveis. Contando assim até parece que isso nunca me aconteceu. Dóris alucinada seguia determinações superiores. Eu

há muito tempo havia me cansado daquilo e depois de passar toda a minha juventude seguindo ordens, marchando a marcha dos outros, me contendo em continências, não pude aguentar mais.

Lembrei do dia em que fui afastado das forças (ou farsas) armadas por invalidez. O fato de sofrer terríveis dores nas costas me impossibilitou de ser um bom soldado. Tornei-me insubordinado. Me aposentaram, e aí eu pude enlouquecer com todas as guerras internas que consegui travar, sem nunca mais ter que marchar.

Depois de semanas de dias incríveis, precisei de um único dia para acordar bem. De fato foi em um lindo dia de sol, desses que eventualmente acontecem em Curitiba. Nada me parecia familiar, eu sentia uma espécie de alegria agridoce, um bem estar quase insuportável com o qual eu não estava acostumado, e foi com esse estranhamento que decidi partir.

Desci pela Paula Gomes, parei no bar do Torto para beber a última saideira. Trôpego fui até o Largo da Ordem pela Mateus Leme. Eu preparava a minha partida e para tanto precisava seguir alguns rituais de despedida, e um deles era reler a poesia do Marcos Prado, que estava estampada em um enorme quadro na parede externa de um antigo prédio do centro histórico onde atualmente funciona um colégio. Cheguei lá, mas cheguei tarde, haviam retirado o painel. Fiquei bastante confuso, atrapalharam a ordem do meu ritual e a ordem do meu Largo que ficou sem a poesia e sem o Marcos... Ainda que a poesia dele ainda esteja lá por todos os cantos.

Pensei: isso não é tão mal assim. Vazei ainda com a ausência da poesia em minha mente. Preenchido pela falta do poema fui andando e sumindo e, para rimar, me consumindo... E de fato nunca mais ouvi falar de mim...

...Tomado de surpreendente horror, antes de sumir anotei com letras trêmulas um recado que me remiti (remetente e destinatário de mim). Em minha agenda deixei o seguinte alerta: "querida liberdade, contenha-se e não vá passar dos limites".

Naquele dia senti tamanha liberdade que acabei com uma terrível prisão de ventre.

A poesia do Prado que não estava lá é mais ou menos assim:
por teres ido tão longe
embora sem ter fugido
parece não teres ido
e hoje é como se ontem

como estas fora de vista
a minha imagem de ti
que já está fora de si

segue tua pista

O maníaco da *superbonder*

Linda permanecia imóvel, atônita grudada à cadeira, enquanto Getúlio Paz lhe dizia as mais absurdas barbaridades, sinalizando assim para o fim do romance.

Foi uma relação tumultuada e intensa desde o princípio. Conheceram se em uma boate com pretensa fama de ser frequentada por pessoas interessantes e descoladas, mas, no entanto, o que se via no olhar das criaturas que ali passavam, remetia (sempre) ao desespero e a dependência. A impressão de desesperação talvez se desse pela assiduidade e persistência de quem estava ali (sempre) a procurar algo e, que não obstante, deixava transparecer em suas faces um mundo de inconstâncias, solidão e desencontros.

No começo, Linda o achou um pouco grudento, pegajoso viscoso até, mas depois a impressão inicial deixou de ser incômoda e Linda aderiu à ideia de ter um primeiro amor e aferrar-se à paixão. De modo que se apegou a Getúlio de maneira tenaz e possessiva. Ela tinha apenas 13 anos.

Depois de algum tempo Linda passou a perceber algumas mudanças no comportamento de seu amado. O que, no princípio, eram apenas pequenas atitudes estranhas ganharam, aos poucos, em intensidade, ares de mania. Getúlio começara a dar indícios de sua dupla face.

A aura de imbecilidade que Getulio trazia era reforçada pelo fato de gostar de usar camisetas listradas em tons de azul, que mais pareciam pijamas, e reforçava essa impressão a admiração desmedida e babona por argentinos. Era calado e tinhas habilidade em usar o silêncio a seu favor. Não suportava gritos e agressões, mas nunca revidava. Silenciava como quem bate, e ficava semanas em um mutismo destruidor e profundo que derrubava qualquer um. Linda sentia um pavor angustiante cada vez que ele se calava. Getúlio às vezes sucumbia às investidas histéricas de Linda e, não havendo a possibilidade de calar e contra atacar, ele fugia, sumia por dias ou bebia por dias, quando não fazia as duas coisas juntas. Quando bebia voltava acachorrado e sem razão, não lembrava as agressões e sentia-se o maior e o pior pecador do mundo. Nestes momentos seu aspecto encolhido lembrava em muito o pai de Linda.

Houve um episódio em que Getúlio Paz esquecera um pote de margarina fora da geladeira, o que para Linda era o fim do mundo. Ele havia preparado um jantar com muita dedicação e esperava pela amada com a mesa posta. Linda entrou e olhou, disse que estava com fome e em seguida foi até a cozinha beber água... Eis que viu o pote... Fim do mundo! Gritou, bateu portas, fez o diabo e Getúlio calou. Jantou na sala em frente à TV, saiu andando, não disse para onde ia e a ideia de ficar sozinho o agradou. Naquele dia ele não bebeu, talvez não quisesse perder a razão. Sentiu ódio, raiva e desprezo e, a ideia de ficar sozinho o agradou muito.

******

Descolou um trampo em uma loja de materiais para construção, onde respondia pela seção de tintas, solventes, colas e fitas adesivas. Dedicou-se tanto ao trabalho que aos poucos ia deixando Linda de lado sem perceber que, ao mesmo tempo e aos poucos, ela devorava seu coração.

Quase sem coração, o seu mundo tornou-se algo parecido a uma sugestiva e alucinante lata de cola. Viciou-se em solventes, não vivia sem, passou a roubar produtos da loja, tendo uma queda toda especial por tubos de *superbonder*.

Quando criança já havia passado por alguns episódios que envolviam tal mercadoria. Comprara uma vez – quando estava na quinta série – em uma mercearia um tubinho com o qual, para testar e assegurar-se da eficácia do produto, colou os próprios dedos, passou dias fazendo o sinal de OK e, quando finalmente seus dedos se desgrudaram pensou que poderia usar a cola super adesiva contra os seus desafetos. Colar passou a ser o seu hábito, um círculo vicioso, perseguia o seu vício como um cão que persegue a própria cola.

Colou a bolsa da professora na mesa da professora, pôs cola em fechaduras, colou coleguinhas em seus cadernos e livros, colou as carteiras de seus coleguinhas em seus coleguinhas. Colou, colou, colou e cada vez que colava sentia muito prazer em colar.

Era estranha a mania de Getúlio, um analista talvez dissesse que o tubo de cola fosse o representante externo da necessidade de colar em provas, já que ele nunca estudava e desesperava sempre que havia um exame, ou que (forçando ainda mais) a imagem do colar de pérolas de sua mãe em seu leito de morte fixado em suas retinas como um traço insuportavelmente recalcado fosse o representante que de uma forma deslocada representava um tubo de cola, potente e vingador que possibilitava o eterno retorno do colar obsessivo... Altas especulações! Descoberto pelo patrão foi despedido, ficou sem emprego e sem acesso a sua arma criminosa. Começou a roubar e assaltar. Entrava em lojas de tintas e afins e levava tudo que precisava para continuar a sua saga delituosa. Trancava as vítimas nos banheiros dos estabelecimentos grudadas umas as outras e depois metia o tubo de cola no buraco da fechadura. Fugia, sumia e colava no mocó e, ali permanecia sem dar as caras por muito tempo. Ele era terrível.
Continuo seu caminho de delinquência sempre deixando marcas de seu crime. Cada vez

mais violento tornou-se assassino com requintes descolados de crueldade. Perseguido e procurado pela polícia ficou conhecido como o maníaco da *superbonder*, perigoso serial killer sem coração. Nunca fora descoberto apesar dos rastros que deixou. Morreu jovem e intoxicado após inalar dez latas de cola de sapateiro no dia seguinte ao fim do relacionamento com Linda.

O Homem fede

Dóris estava cansada e prestes a terminar sua viagem, desceria do mundo em breve. Nos últimos dias passava as manhãs cantarolando antigas canções religiosas que aprendera nem sabe onde, nem sabe como, em uma língua que nem lembrava saber: "que alegria cuando me dijeram vamos a la casa del Señor" ou "Juntos como hermanos, miembros de uma iglesia, vamos caminando al encuentro Del Señor".

Ainda não havia concluído sua novíssima doutrina, mas estava por finalizar o derradeiro capítulo sugestivamente intitulado de: O Homem fede!
Aos gritos dizia "façam o teste, façam, sim, façam todos o teste do Senhor. Olhem para o céu em um dia claro (como os que eventualmente acontecem em Curitiba) e ao fecharem os olhos constatem... É escarlate, é encarnado, basta olhar para o infinito de olhos cerrados e constatar que é vermelho, vermelhaço sim Senhor! Façam todos o teste e percebam o rubro céu!

O Homem fede I

Recebi do altíssimo, através de um emissário celestial as revelações da novíssima aliança.
O homem fede!
Pensem nos perfumes criados por ele, desodorantes que prometem 48 horas de alívio, antissépticos bucais, sabões e sabonetes, aroma-

tizantes, cremes dentais, cremes para o corpo para os e pés e para as mãos, xampus, incenso, naftalina, talco, papel higiênico. Tudo para poder suportar o próprio fedor, porque o homem fede! Um tubarão não precisa de nada disso, nem os leões, nem os pássaros... O homem fede (os franceses logo perceberam, se aproveitam e ganham dinheiro com isso).
O homem é o inferno (algum Francês já disse isso ou algo semelhante): invólucro de fezes é o mais baixo entre os seres, a base fétida da cadeia espiritual. Depósito da podridão moral, dos excessos e dos vícios, senhor na produção de lixo e dejetos, faz feder a política, o poder, o queijo, famílias e até a religião, o homem fede!
Sim a saliva, o homem fede (mesmo)!

Em versos e versículos, palavra do Senhor, Dóris continuou em um deslizar alucinado de significantes, item após item, agora e sempre amém. Sua doutrina que trazia a última palavra e a verdade de verdade, sobre todas as verdades e as supostas e impostas meias verdades. Seus escritos traziam ainda detalhes de seu nascimento. Minudências sobre a natividade da augusta e verdadeira salvadora.

Eis o que ela pensou que disse, sem saber (eis o mistério da nossa fé): "parto normal para uma viagem, que se diga de passagem, é por um beco escuro e úmido e o retorno é incerto, talvez seja mais uma dessas viagens que não tem volta... Quem quer voltar? No entanto deve haver desde a partida a certeza do estradar"

Há quem diga (depois do fim sempre dizem) que ela não disse isso e nem pensou, mas é de se supor que se pudesse, teria dito e seria assim o início de sua mítica jornada. Tudo era inteligível pra ela, mas só para ela.

*****

Distante dali, sumido desde aquele dia que desci a Paula Gomes, eu ouvia repetidamente uma canção do Pelebrói não sei(?) Mesmo longe de Dóris eu ainda sentia que precisava de purificação ("não existe lá, lá lá lá lá"). O ranço da loucura sonora de minha ex ainda persistia em minha alma. Ainda não me sentia a salvo dos

cruzados, de Dóris e da nota promissória desafinada. Água benta, sal grosso, sarava sapo seco. Deus me livre! Nada mais incoerente e maluco para mim, o maior de todos os heréticos, Ave Maria José, dedo no repete, virgem santíssima, aperta o play ("não existe lá lá lá lá").
"Reze pro teu santo protetor, se pensas que a dor vai te levar, pro eterno azul mais que distante. Não existe lá lá lá lá lá!"

O Homem fede II

Dóris continuava escrevendo, versículo após versículo, palavra do Senhor, o derradeiro capítulo, a arte final:
No anil o infiel. Para sempre no azul celeste infernal o traidor, as sete faces do senhor *Down*, os conceitos sobre o que é positivamente mórbido. Relatos de lágrimas alcoólicas, castigos e penitências dedicados aos farsantes com cari-

nho. O homem invólucro de fezes. Tudo cuidadosamente redigido em papéis de parede. A ascensão, a involução rumo ao inferno, o sofrimento autofágico dosególatras e o respeito aos animais superiores (caminho para evolver e alcançar o reino do rubro céu). Sim a saliva! De quando em quando ela tinha lampejos de lembranças que se esvaiam com a mesma rapidez que chegavam. Ideias evasivas que deixavam pequenos traços de dor, rastros de uma viagem em palavras sem nexo. Sonhos inteiros abandonados, estações (rodoviárias, de inverno, de trem e de verão entre outras). Um certo olhar, uma rua sem saída de duplo sentido. Linda, Alice Clair e Yáscara, horror a bordas e corações dilacerados. Salve rainha, cruz credo amém!

O fim se aproximava, Dóris estava por concluir seu ciclo terreno. Sua nova bíblia também... Amém!
Nos últimos parágrafos da escritura sentenciou ao esquecimento o status da cruz, proclamou proscrito todo o ensino, a doutrina e tudo o que a ela se relacionava e, que outrora fora

sagrado. Vislumbrou como que por força de revelação que brevemente a forca ocuparia o lugar sagrado da cruz, nas paredes agora tingidas de vermelho dos novos fiéis, tal qual nos altares dos rubros templos erguidos em nome das dores de Dóris. A forca no peito e no pescoço dos pecadores laçados e amarrados pela fé. Mini forcas vendidas em santuários aos peregrinos, aos milhares de fiéis que as usavam e usam em rituais de novena, procissões e promessas. Em nome do pai, da filha, do emissário e da forca, amém.
Para Dóris tudo era muito claro, evidente, visível e invisível, mas só para ela. Certeza absoluta, na comunhão com o absoluto. "Não foi em vão que suportei tudo, fome e frio. Não foi em nome do nada, lógico que não foi. É óbvio que não foi... Não foi". (Monólogo interno) ela pensava. Deus tá vendo!

O princípio e o fim!

Banida para sempre a cruz com a anuência divina, Dóris iniciou os ritos finais. Preparou seu quintal para instituir a maior insígnia de sua escritura, a força de toda sua doutrina sustentada pela forca sagrada. O local escolhido não lembrava em nada o calvário (a não ser pela importância simbólica), era um simples terreno utilizado para quarar e secar roupas. Havia naquele espaço de aproximadamente cento e oitenta metros quadrados, oito postes pré-moldados em concreto, cada um com um metro e oitenta centímetros de altura que compunham aos pares, quatro varais com seis cordas em cada, cordas bem esticadas como as de um afinado violão. Do primeiro dos postes pendia a sobra de uma corda de pouco mais de um metro (é a deixa para o altar), corda fina de varal, muito bem amarrada, nó cego propositalmente apertado. Dóris olhou para aquela corda e num tropeço de lembrança alcançou na distância do tempo a imagem do homem que, que, que...

Não soube o que e mais de imediato, Dóris esqueceu!

Uma profusão de sensações explodiu em seu peito enquanto Dóris fazia um laço com a corda que pendia do varal. Um laço com o Todo, um laço para amarrar e selar o pacto iniciado na época que recebera os primeiros telegramas divinos. Um laço para dar sentido a tudo pelo que passara nos últimos tempos. Últimos tempos, fim dos tempos, belas palavras, frase linda que veio a calhar no momento de contemplar seus instantes finais sobre o banquinho, sob o varal (e ainda assim rente à janela).

Fechou os olhos e viu o rubro céu que era lindo. Sentiu-se aliviada (ainda com os olhos fechados) ao perceber que em sua volta, aos pés do banquinho e em toda a extensão do quintal, insetos, ratos e toda sorte de animais considerados desprezíveis testemunhavam o grande final. Aos olhos (cerrados) de Dóris a presença desses animais era a prova irrefutável das verdades reveladas pelo Altíssimo, certeza da escalada ao infinito (renascer quantas vezes fosse necessário no corpo de um animal). Em parelhas sobre os pares de postes dos quatro varais, miravam comovidos urubus, curruíras nanicas, corvos, canários e gralhas azuis (embora estas, pela cor, não fossem bem vindas). Morcegos vampiros de Curitiba em (des)parafuso sobrevoavam afobados o quintal. Um urubu Rei planava no alto da vermelhidão e contemplava de longe a paixão de Dóris, a comoção era geral. Testemunhas do dia mais importante de todo o sempre, acompanhavam resignados o último suspiro da profetiza que tantos corações devorou.

Sem abrir os olhos e com a forca cuidadosamente ajustada em volta de seu pescoço Dóris sentiu chegar a hora de cumprir seu destino, de dar o passo em falso mais importante de sua vida, o mais necessário ato de toda sua longa jornada, de sua cruzada, de seu estradar.

Fim do caminho.
Enfim o fim!

Ainda...

Último suspiro, nó górdio na garganta, vidrou os olhos e teve tempo de ver o rubro céu que a pouco se fechara em tons de cinza e chumbo, abrir-se em raios encarnados e penetrantes, dissipadores de nuvens. Sobre sua cabeça desde sempre destinada à forca desceu um facho de luz vermelha, que refletiu em seu rosto o êxtase do pleno gozo eterno e de sua boca transbordou um turbilhão de espessa saliva. Sim! A mais pura saliva, puríssima saliva! Agora e para sempre a saliva!

Fim do caminho.
Enfim o fim?

Depois do fim dizem

Há quem diga que a tumba estava vazia após o terceiro dia de sua morte, dizem que só um rato guardava a tristeza do lugar, um rato jovem ou uma rata talvez, há quem diga. Alguns juram de pés juntos que sua alma volta todas as noites para junto do varal. Dizem muitas coisas sobre Dóris, alguns até rezam.

Linda voltou para o funeral, dizem que ela nem chorou e que dores ela nem sentiu, e que depois voltou para a estrada, visivelmente cansada, perdida partiu. Há relatos que tratam de que todas as noites ela procura em qualquer bar, a mesma resposta que Dóris teve ao se matar. E que todas as noites ela procura, ela procura, ela procura, ela procura ela procura, ela procura, ela procura, ela procura, ela procura, ela procura, ela procura, ela procura ela procura, ela procura, ela procura, ela procura, ela procura, ela procura, ela procura, ela procura, ela procura, ela procura, ela procura, ela procura, ela procura... Linda procura... Linda procura... Linda procura... Linda procura... Linda.

Réquiem para Dóris

Dóris teu homem se foi
E tua filha sumiu
Toda tua vida que era incrível
Agora é um mundo vazio
Dóris você suportou
Tudo até passou frio
Fome em nome do nada
Tua alma cansada
Cansou e partiu

E todas as noites ela voltava pro teu quintal
Ver teu belo corpo dependurado em teu varal

Dóris você se enforcou
Dóris você fez tão mal
Tua filhinha voltava cansada da estrada
Pro teu funeral
Dóris ela nem chorou
Dores ela não sentiu

Depois voltou pela estrada
Cansada e perdida
Tua filha partiu

E todas as noites ela procura em qualquer bar
A mesma resposta que você teve ao se matar
E todas as noites ela procura